Mi abuela Amanda

MONTAÑA
ENCANTADA

Para Olga

Ricardo Alcántara

Ilustrado por Alicia Cañas

Mi abuela Amanda

EVEREST

A MI ABUELA AMANDA LE GUSTA
CONTAR HISTORIAS DE OTROS
TIEMPOS. ELLA DICE QUE SON
CIERTAS, AUNQUE A MÍ ME CUESTA
CREERLAS, PORQUE ME SUENAN
A HISTORIETAS DE TEBEO.

SEGÚN MI ABUELA, A LOS BEBÉS LOS TRAÍAN LAS CIGÜEÑAS. EL ANIMAL ENTRABA EN LA CASA COMO UNA FLECHA PARA QUE NADIE LO VIERA, Y ENTREGABA EL BEBÉ A LA MADRE.

MI ABUELA LLEGÓ A PASAR HORAS
ESCONDIDA, CON LOS OJOS FIJOS EN
LA VENTANA, DESEOSA DE VER UNA
DE ESAS AVES CON UN BEBÉ EN EL
PICO. PERO YA NUNCA MÁS VOLVIÓ
A ENTRAR UNA CIGÜEÑA EN SU CASA.
ASÍ ES QUE ELLA ACABÓ SIENDO LA
PEQUEÑA DE SIETE HERMANOS.

ERAN CUATRO CHICOS Y TRES CHICAS. CON TANTOS NIÑOS EN CASA EL DINERO NO SOBRABA.

POR ESO, SI ALGUNO
SE HACÍA UN DESGARRÓN EN LA
ROPA, LA MADRE SE LA DEJABA
COMO NUEVA CON UNA COSA
LLAMADA REMIENDO.

LA ABUELA DICE
QUE SU PAPÁ Y
SU MAMÁ LOS
QUERÍAN A TODOS
POR IGUAL, PERO
LOS TRATABAN
DIFERENTE.
CUANDO
EL PADRE
LLEGABA
A CASA,
SALUDABA A
LAS NIÑAS CON
UN BESO.

EN CAMBIO,
A LOS NIÑOS
SIMPLEMENTE
LES TOCABA
LA CABEZA.

LOS VARONES
TENÍAN QUE APRENDER
YA DESDE PEQUEÑOS QUE
NO ESTABA BIEN LLORAR NI
DAR DEMASIADOS BESOS.

AL ACABAR LOS DEBERES,
LOS NIÑOS PODÍAN SALIR A LA CALLE
Y JUGAR CON SUS AMIGOS.
LAS NIÑAS SE REUNÍAN EN LA SALA
Y LA MADRE LES ENSEÑABA A BORDAR.

ENTRE PUNTADA Y PUNTADA,
ELLA LES DECÍA QUE DEBÍAN APRENDER
A BORDAR, COSER Y GUISAR
PARA ENCONTRAR UN BUEN
MARIDO Y CASARSE.

MI ABUELA EXPLICA QUE SU MAMÁ
ESTABA TODO EL DÍA EN CASA Y
NO PARABA. SIEMPRE TENÍA
ALGO QUE HACER.

PERO SI UNO DE ELLOS
NECESITABA QUE LA MADRE
LE SECARA LAS LÁGRIMAS,
DEJABA TODO DE LADO Y LO
ABRAZABA SIN PRISAS.

LO ACURRUCABA ENTRE
SUS BRAZOS HASTA QUE
LA TRISTEZA SE HUBIERA
MARCHADO.

DICE QUE SU PADRE ERA SERIO
Y DE POCAS PALABRAS. QUE TENÍA
BUEN CARÁCTER, HASTA QUE LO
HACÍAN ENFADAR.

CUANDO ELLA O SUS HERMANOS
HACÍAN UNA TRASTADA MUY
GRANDE, SU PAPÁ ENCERRABA
AL REBELDE EN UN CUARTO OSCURO.

LO DEJABA ALLÍ RATO Y
RATO, AUNQUE EL CASTIGADO
LLORARA A MOCO TENDIDO,
¡ASÍ APRENDÍA A
SER BUENO!

DICE QUE, EN AQUELLOS AÑOS,
NI SIQUIERA EXISTÍA LA TELE.

EN SU CASA HABÍA
UN APARATO DE RADIO
Y, AL CAER LA TARDE,
LA FAMILIA SE REUNÍA
A ESCUCHARLA.

CUANDO HABÍA
PROGRAMA ESPECIAL,

LOS VECINOS, QUE NI SIQUIERA TENÍAN
RADIO, SOLÍAN VENIR A CASA.

Y LA REUNIÓN SE CONVERTÍA EN UNA FIESTA INOLVIDABLE.

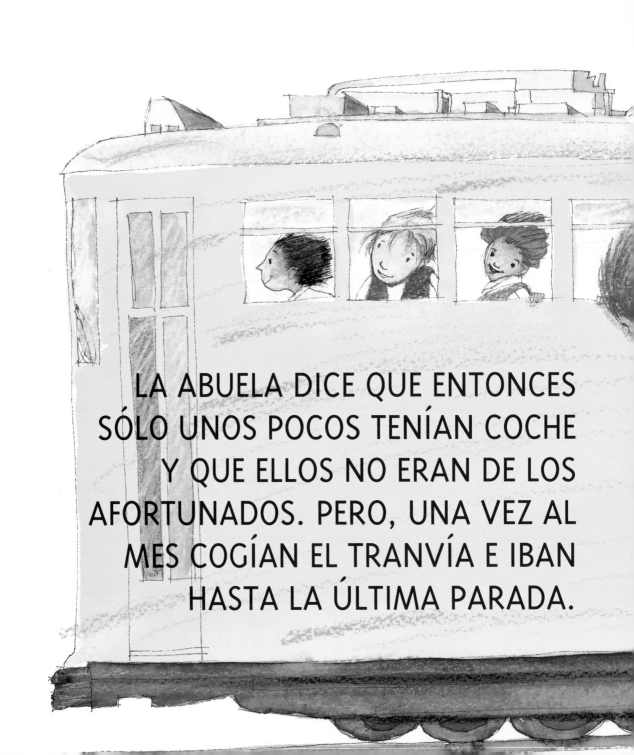

LA ABUELA DICE QUE ENTONCES
SÓLO UNOS POCOS TENÍAN COCHE
Y QUE ELLOS NO ERAN DE LOS
AFORTUNADOS. PERO, UNA VEZ AL
MES COGÍAN EL TRANVÍA E IBAN
HASTA LA ÚLTIMA PARADA.

LUEGO REGRESABAN.
VOLVÍAN A CASA TAN
EMOCIONADOS COMO SI,
MONTADOS EN GLOBO,
ACABARAN DE DAR LA
VUELTA AL MUNDO.

LOS BAÑADORES ERAN
DESDE LOS CODOS
HASTA LAS RODILLAS.

A PESAR DEL ENGORROSO
VESTIDO, METERSE EN EL
AGUA RESULTABA
DELICIOSO.

CLARO QUE, AL SALIR, EL BAÑADOR
PESABA TANTO QUE ERA COMO
SI LLEVARAN UN TROZO DE MAR
CARGADO SOBRE LA ESPALDA.

ELLA CUENTA QUE LOS GATOS
ESTABAN EN CASA PARA CAZAR
RATONES Y DEBÍAN SER TRATADOS
COMO ANIMALES.

NADA DE ABRAZARLOS, NI JUGAR A PILLARLES, NI COMPARTIR CON ELLOS LA CAMA EN LAS OSCURAS NOCHES DE INVIERNO.

DICE LA ABUELA QUE ELLA TENÍA SÓLO UNA MUÑECA Y QUE LA TRATABA CON MUCHO CARIÑO.

A PESAR DE SUS CUIDADOS, TARDE O TEMPRANO, LA MUÑECA DESAPARECÍA. ELLA SE VOLVÍA LOCA BUSCÁNDOLA, PERO SUS ESFUERZOS RESULTABAN EN VANO.

PASADOS LOS DÍAS,
AL LLEGAR SU CUMPLEAÑOS,
SUS PADRES LE REGALABAN
UNA MUY PARECIDA, VESTIDA CON
UN TRAJE NUEVO Y MEJOR PEINADA.

ASÍ AÑO TRAS AÑO, SIN QUE LA
ABUELA APRENDIERA A RESIGNARSE
A PERDER LA MUÑECA QUE TANTO
QUERÍA Y DE LA QUE NO DESEABA
SEPARARSE.

CUANDO CUMPLIÓ ONCE AÑOS
LA MUÑECA DESAPARECIÓ PARA
SIEMPRE. SE LA REGALARON A UNA
PRIMA PEQUEÑA. SUS PADRES DECÍAN
QUE ERA DEMASIADO MAYOR PARA
PERDER EL TIEMPO CON MUÑECAS.

ELLA NO PUDO NI RECHISTAR:
DE HABERLO HECHO LA HABRÍAN
MANDADO AL CUARTO OSCURO
PARA QUE APRENDIERA A NO
CONTESTAR A SUS PADRES.

MI ABUELA
AMANDA EXPLICA
SUS HISTORIAS Y
YO LA ESCUCHO SIN
PERDER PALABRA.

ALGUNAS SON TAN RARAS
QUE SUENAN A MENTIRA. SIN
EMBARGO, VIENDO A LA ABUELA
CON SU PELO BLANCO, SUS ARRUGAS
Y SUS PIERNAS FLACAS,

LO QUE MÁS ME CUESTA CREER ES QUE ELLA, ALGUNA VEZ, FUERA UNA NIÑA CON PADRE Y MADRE, Y DIENTES DE LECHE,

Y SE LLEVASE
UN SUSTO DE
MUERTE CUANDO
LA PERSEGUÍAN
LOS TEMIBLES
FANTASMAS.

Dirección editorial: Raquel López Varela
Coordinación editorial: Ana María García Alonso
Maquetación: Cristina A. Rejas Manzanera
Diseño de cubierta: Jesús Cruz

© del texto, Ricardo Alcántara
© de la ilustración, Alicia Cañas
© EDITORIAL EVEREST, S. A.
Carretera León-La Coruña, km 5 - LEÓN
ISBN: 84-241-8382-7
Depósito legal: LE. 206-2006
Printed in Spain - Impreso en España
EDITORIAL EVERGRÁFICAS, S. L.
Carretera León-La Coruña, km 5
LEÓN (España)
Atención al cliente: 902 123 400
www.everest.es